꽃은 혼자 피지 않는다

꽃은 혼자 피지 않는다

최세규 시집

책게

시인의 말

삶은 사랑이고 행복이고 감동이어라
나는 '따뜻한 세상'을 만들고 싶다.

행복을 주고 기쁨을 주고,
사랑을 선물하고 우정을 나누고,
위로의 말과 용기를 주고 칭찬을 건네고.

내가 아름다운 것을 주면 세상은 더 아름다워진다.
이 같은 믿음으로 나는 지난 27년간 '마음의 시'를 지어서
토요일마다 문자를 보냈다. 무려 9천여 분들과 글을 공유했
고 이 글은 세상에 메아리가 되어 퍼져나갔다. 그리고 행복
을 주는 행복한 시집 『행복주머니』로 다시 태어났다.

시는 힐링의 메시지로 전달되었고, 응원의 답글이 되어 돌아왔다. 이로써 나는 나 자신을 사랑하는 법을 배웠다.

돈 버는 것은 기술이고, 돈 쓰는 것은 예술이다. 나눔은 아름다운 선택이다.

시와 재능 나눔을 통하여 지금보다 더 좋은 세상을 만들고, 나로 인해 누군가가 행복해지기를 바라는 마음으로 눈이 아플 때까지 마음에 글을 쓰리라 다짐해 본다.

차례

1부 감사

2부 꽃은 혼자 피지 않는다

3부 동반성장이 답이다

4부 삶

1부
감사

말의 온도

말에는 온도가 있다

누군가를 칭찬할 때는 따뜻해지고

미워할 때는 냉랭해진다

천사

천사는 선한 마음을 주는 사람이고

악마는 선한 마음을 뺏어가는 사람이다

선물

해가 뜨고 진다

이 하루라는 선물은

누구에게나 공평하게 주어진다

인생

인생은 한 송이 꽃을 피우는 일

빈손으로 와서 빈손으로 가는 인생

따지지 말고 그냥 웃고 살아요

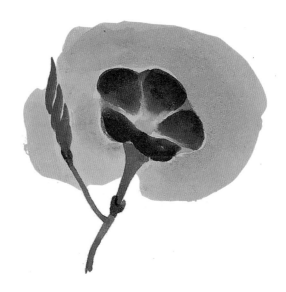

겸손하게 살아라

돈과 일에 노예가 되지 말라

자신을 위해 살아라

육신이 다할 때까지 마음을 비우고

겸손하게 살아라

배꽃이 말한다

모란꽃이 눈웃음칠 때

기억의 저편에서 추억이 걸어온다

배꽃이 말한다

날로 새로워져라

향기

꽃향기는 바람을 타고

사람 향기는 가슴을 타고 흐른다

오! 저기 향기가 넘친다

오동나무

오동나무는 천년이 지나도

향기를 품고 있듯이

좋은 사람은 세월이 지나도

그리움으로 남아있네

습관을 바꿔야 한다

핸들을 돌리지 않으면 방향을 바꿀 수 없다

새로운 삶을 원한다면 습관을 바꿔야 한다

인생길

인생길에는 이정표가 없지요

바람처럼 자유롭게 달려요

오솔길이든

고속도로든

그대는 호수처럼 편안한 사람

그대는 호수처럼 편안한 사람

그대는 눈빛만 봐도 따뜻한 사람

그대는 그냥 좋은 사람입니다

정

하늘엔 별이 있어 아름답고

땅엔 꽃이 있어 아름다워라

사람과 사람 사이에는 정이 있어 좋아라

좋은 사람

좋은 사람은 그냥 오지 않는다

행복을 가지고 뚜벅뚜벅 걸어온다

좋은 사람은 꽃보다 아름답다

정든 고향 해남

월출산 보며 겸손과 지혜를 배우고

자란 정든 고향 해남

꿈속에서라도 가고 싶어라

낮은 곳으로

꽃이 피어난 자리에

연초록 잎들이 돋아난다

고운 빛깔로 살다가

낮은 곳으로 떠나가야지

첫사랑

첫사랑은 햇살처럼 포근하며

솜사탕처럼 달콤하며

빗방울처럼 가슴을 두드린다

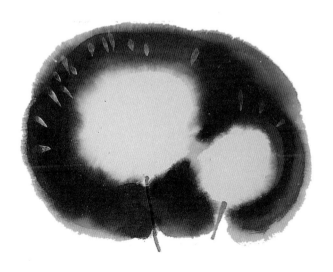

그대꽃이 예쁘다

예쁜 장미꽃

눈부신 동백꽃

화사한 복사꽃보다는

내 마음에 수줍게 피어 있는

그대꽃이 예쁘다

술 한 잔 하고 싶다

사랑을 담아

행복을 담아

추억을 담아서

술 한 잔 하고 싶다

사람이 좋아질 때

술은 익어간다

그리움

새가 울어 꽃이 피는가
봄이 오니 꽃이 피는가
아니야
그리움이 아지랑이 되어
꽃이 피는 거야

소풍

그대 이 세상 소풍 와서 무엇을 하였는가

구름 따라 흘러간 인생 뒤돌아보니

어제가 봄날이었네

좋은 친구

좋은 친구는 세월이 흘러도

늘 곁에 있다

언제나 변함없이

나를 지켜주는 사람이다

마지막 한 잔

한 잔 술에 마음 비우고

또 한 잔에 근심 걱정 버리고

마지막 한 잔은

우리가 행복할 때까지 마시자

말

어린아이의 말에는 순수함이 있고

청년의 말에는 꿈이 있고

노인의 말에는 경험과 철학이 있다

징검다리

사람과 사람 사이에 섬이 있다는 말처럼

섬에 갈 수 있는 징검다리는

그대와 나의 마음

깨달음이 인생이다

흰 구름처럼

그 어떤 부귀영화도

손가락 사이로

흐르는 모래인 것을…

깨달음이 인생이다

결혼

자기야 우리 결혼해

서로 사랑하지만

살면서 사랑을 실천하기 위해서

결혼하는 거야

감사

예수님 초상화로 유명한 솔맨 작가는 말한다

감사는 최고의 항암제고

해독제며 치료제라고

감사기도 하는 수녀처럼

찬란하게 떠오른 햇살처럼

감사기도 하는 수녀처럼

삶은 사랑이고 행복이고 감동이어라

눈꽃

성당의 종소리 은은하게 울려 퍼질 때

사랑이 내리고

하늘의 은총이

눈꽃으로 피어납니다

첫눈

첫눈 오면 눈사람을 만들어야지

차마 말하지 못한 사랑도 고백해야지

그리고 다 녹을 때까지 꼭 안아줘야지

내 마음이 얼마나 뜨거웠는지 보여줘야지

오늘

지금 순간이 꽃피는 봄날이고

달뜨는 저녁이고

가장 빛나는 하루이다

삶의 가치는 오늘이다

사랑이 비처럼 내린다

한 세상 웃고 사노라면

행복이 달처럼 떠오르고

행운이 팝콘처럼 터지고

사랑은 비처럼 내린다

신뢰는 안경과 같다

신뢰는 안경과 같다

진실한 안경은 사물이 잘 보이고

거짓 안경은

세상이 온통 흐리게 보인다

홍시

가을햇살 가슴에 내리면

홍시는 빨갛게 화장하고

까치를 데려와서

가을 전설을 이야기하네

나는 시를 쓴다

좋은 날, 슬픈 날

나는 시를 쓴다

행복해서 글을 쓰는 것이 아니라

글을 쓰다 보면

행복해지기 때문이다

귀뚜라미

귀뚜라미 노래 부르면

가을바람에 꽃들은 지고

가을비처럼 눈물 흘릴 줄 아는 이는

그 누구인가

현명한 사람

현명한 사람은

빼기, 더하기를 잘하는 사람이다

욕심과 미움은 빼고

나눔과 행복은 더하고

2부
꽃은 혼자 피지 않는다

하얀 드레스

하얀 드레스 새 출발하는 날

꽃 피어라, 행복 피워라, 사랑 피우리라

지금부터는 그대 세상이어라

수채화 무대

가을이 오면 수채화 무대가 펼쳐지고

풀벌레들의 연주에

아 — 가을은 익어간다

사랑은 향기처럼 사라진다

사랑은 밀물

이별은 썰물처럼 빨리 간다

떠난 뒤 후회 말고 있을 때 잘해자

사랑은 향기처럼 사라진다

낭만자객

낭만자객 가을이 온다

허수아비 감사 기도할 때

미움, 사랑, 아픔은

가을 속으로 익어간다

멘토

선한 영향력이 인생을 바꾼다

멘토한 사람이 성공을 부른다

꼭 필요한 사람 만나서 소통하라

인연은 꽃과 나비처럼

인연은 꽃과 나비처럼 필연으로 만나

운명이 끝나는 그날까지

행복을 주고받고 나누는 것이다

봉숭아 꽃물처럼

봉숭아 꽃물처럼

사랑은 서서히 마음으로 스며드는 것이다

사랑은 꽃물처럼 찾아온다

내 마음의 주인

이 세상에 수많은 꽃이 피어도

그대라는 꽃이 가장 아름답다

그대는 내 마음의 주인입니다

순수한 사람

겸손한 사람은 꽃처럼 아름답다

향기나는 사람은 따뜻하고

어린아이처럼 순수한 사람이다

행복꽃

우리 서로 희망꽃으로 피어나자

가슴에 피어나는 꽃은

세월이 흘러도

지워지지 않은 행복꽃이다

마음의 창으로 세상을 본다

마음의 창으로 세상을 본다

지금보다 더 좋은 세상을

만들어가는 사람은

모두가 예술가이다

새털같이 가볍게

삶이란 꽃처럼 아름다운 마음으로

무거운 짐을 지지 말고

새털같이 가볍게 비우고 사는 것이다

비가 내린다

비가 내린다

꽃의 눈물인가 사랑의 눈물인가

좋은 날 좋은 시에

그대를 만나 보련다

안개꽃

안개꽃이 첫사랑 그리네

모카커피 향기로 마음 달래며

좋아하는 감정 포개 보니

사랑이 눈을 뜨네

누구나 타고난 재능을 가지고 있다

누구나 타고난 재능을 가지고 있다

잠자는 지혜를 깨워라

인간은 무한한 자기계발을 할 수가 있다

시간이 금이다

시간이 금이다

우리가 사용한 시간 속에 선물이 들어있다

선물을 발견하고 쓰는 것은 우리 몫이다

소원

꿈이 현실로

무슨 일이든지 만 번 이상 자신에게

최면을 걸면

그 소원은 꼭 이루어진다

커피

그대 생각나면 커피를 마신다

그대 마음 타서 마실 때

향기롭다

꽃은 혼자 피지 않는다

꽃은 혼자 피지 않는다

비바람 찬이슬 어깨동무하고

햇살과 달빛 기도할 때

꽃은 피어난다

그대여 봄날이 가기 전에

그대여 봄날이 가기 전에

잠자는 사랑을 깨워요

그대여 꽃잎이 시들기 전에

떨림을 이야기해요

좋은 날

삶이 우리를 힘들게 하지만

현재 위기를 받아들이고

참고 견디면

좋은 날이 햇빛처럼 스며든다

사랑술

술은 신비한 요술쟁이인가

입술을 적시면 가슴이 뜨겁다

술 중에서도 최고 술은

사랑술이구나

오월엔 축가 부른다

개나리 처녀 철쭉한테 시집가고

아카시아 총각

아지랑이 타고 장가 오네

오월엔 축가 부른다

도전한 삶이 아름답다

도전한 삶이 아름답다

날로 새로워져라

아무리 좋은 꿈도 실천하지 않으면

안개처럼 사라진다

사랑의 가치

지식보다는 지혜를 배우고

부정보다는 미움을 멀리하고

사랑하는 법을 배워라

평화

전쟁 없는 세상

평화가 공존하는 세상을 꿈꾼다

하나의 하늘처럼

끝없이 이어지는 바다처럼

하늘은 신이 만든 그림이고

하늘은 신이 만든 그림이고

아름다운 도시는

사람이 만든 예술이며

평화는 인류가 공유한다

사랑의 봄비

사랑의 봄비가 꽃잎을 적신다

별 나비 휴식을 하고

새싹들은 비로 세수하고

희망을 노래한다

행복 씨앗은 마음속에 있다

행복 씨앗은 마음속에 있다

행복은 저축하는 것이 아니라

가불해서 미리 쓰고 가는 것이다

조약돌

수천 번 파도의 속삭임으로

조약돌이 만들어지듯이

우리네 인생도 시련을 통해서

내공이 쌓인다

행복은 언제나 열려있다

행복은 언제나 열려있다

세월이 우리를 힘들 게 만든 적은 없다

스스로 행복과 불행을 느낄 뿐이다

홍매화, 동백꽃

홍매화, 동백꽃

얼마나 가슴이 뜨거워서

붉게 피었는가

내 가슴 열정도 무슨 꽃으로 피워낼까

명품

명품은 하루아침에 만들어지지 않는다

수천 번 열정으로 만들어지 듯

인간사 모든 것이 그렇다

우리 사랑

세상의 모든 사랑을 모아도

우리 사랑만큼 아름다울까

하나뿐인 우리 사랑

누가 훔쳐갈까 두렵다

인생은 봄날만 같아라

인생은 봄날만 같아라

돌담길 햇살에 꽃잎이

자박자박 피어나고

포근한 봄바람은 우리를 유혹하네

감동

감동을 많이 만들어야 삶이 즐거워진다

날마다 새로 태어난 기분으로

이벤트를 연출해 보시라

비움

꽃 색깔이 다르듯

우리네 인생도 답이 없다

바람길 따라

비우고 사는 삶이 행복이다

3부
동반성장이 답이다

사랑의 시작은 관심과 배려다

사랑의 시작은 관심과 배려다

양보하는 삶이 아름답다

배려는

닫힌 마음을 열어 주는 열쇠이다

인연의 강에서

인연의 강에서 금을 캐듯

좋은 사람 만나고 싶다

가장 빛나는 별이 되어서

그대 곁에 머물고 싶어라

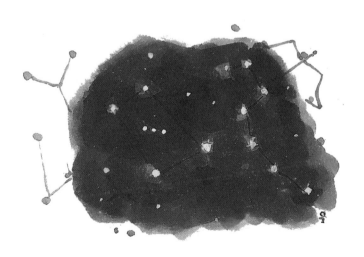

버킷리스트

시작이 반이다

더 늦기 전에 버킷리스트를 시작하라

속병이 없어진다

행동하면 마음은 따라온다

빨리 가는 것

빨리 가는 것이 중요한 것이 아니라

천천히 가도

문제의 핵심을 알고 가는 것이

빨리 가는 것이다

인생 봄날은 길다

희망이 온다

설렘이 온다

진달래 개나리 기쁨으로 피어나네

봄날은 짧아도

인생 봄날은 길다

보랏빛 인생

꽃보다 아름다운 그대

세상은 선물이고

그대는 내 마음의 풍경

서로 마음 더하면

보랏빛 인생이다

끝없이 도전하라

어제처럼 살면서

새로운 세상을 꿈꿀 수 없다

빛의 속도로 세상은 변한다

끝없이 도전하라

인생 너무 짧다

인생 너무 짧다

사소한 것에 목숨 걸지 말라

바람처럼 왔다가 노을처럼

사라진 인생이 아니던가

부드러움이 강함을 이긴다

부드러움이 강함을 이긴다

연약한 풀잎이 바람에

쓰러지지 않은 이유는

서로 어깨를 기대고 있기 때문이다

아침이슬에 머리감고

아침이슬에 머리감고

햇살로 화장하고

희망의 옷 입고

아지랑이 손잡고

친구 만나러 갑니다

위대한 인물

위대한 인물은 생각날 때마다

메모한 아이디어를

자신만의 기억법으로

풀어낸 사람들이다

예쁜 말을 하면

예쁜 말을 하면

사람과 사람 사이에 꽃이 피어나고

잘한다 칭찬하니

만사가 술술 잘도 풀리네

호수

호수는 배고프면 물을 채우고

배부르면 흘려보낸다

억지로 물을 가두지 않기에

늘 맑고 평화롭다

문 열어줘야지

행복들어온다 문 열어줘야지

겸손에 감사를 더하니 행복이

우리 집에 놀러 온다고 합니다

바람처럼

해님이 말하고

달님도 말하네

한 번 사는 인생

그물에 걸리지 않는 바람처럼

가볍게 살라 하네

님

버들강아지 아지랑이 손잡고

개울가 건너오네

봄은 왔어도

님이 안 오시면

봄은 아직 멀리 있다

이야기꾼

이 시대 가장 영향력 있는 사람은

이야기꾼이다

비전과 정보를

지혜와 감성으로

풀어낸 사람이다

유대인들

유대인들이 잘 사는 이유

지식보다는 지혜를 배우며

토론을 통해 문제를 해결하는

방법을 알아낸다

함박웃음

눈웃음 너털웃음도 좋지만

함박웃음이 최고다

웃지 않고 사는 사람은

자신을 미워하는 사람이다

천년 인연

눈부신 세상

우리 천년 인연으로 만났으니

따지지 말고 해바라기처럼

그냥 웃고 살아 봅시다

동반성장이 답이다

토끼와 거북이 경주처럼

지금 시대는 승패보다

함께 가는 시대에 살고 있다

동반성장이 답이다

사람이 행복을 만든다

사람이 꽃을

사람이 행복을 만든다

만남이 있는 곳에 문화는 피어나고

예술은 승화한다

여정

그대는 하늘이 준 선물입니다

기쁜 일, 슬픈 일 함께 나누며

사람의 여정이 끝나는 날까지

추억을 노래해요

고운 말

입에서 나온 말은 연어처럼

반드시 돌아온다

고운 말은 기쁨을 주고

악담은 원수를 만든다

삶

바람 타고 가는 새처럼

자유로운 영혼으로

마음 비우고 살다가

삶이 지치고 힘이 들면

쉬어가세

사모

알고 싶어요

그대 마음속에 누가 살고 있는지

아무도 없다면

내가 그대 주인이 되리라

예술

그리움이라고 쓰고
사랑한다고 말한다
그리움 더하면 사랑이고
행복을 더하면 예술이다

송년 음악회

설레임 내리는 송년 음악회

오케스트라 선율보다

아름다운 관객의 향기에

행복은 춤을 춘다

사랑아 사랑아

추억 옷 입고 낭만 신발을 신고

사랑 찾아 길을 떠난다

사랑아 사랑아

멀리 가지 말고 나한테 와라

열정

나이 탓 세월 탓 하지 말라

열정만 있으면 어떤 일도 할 수 있다

핑계는 천 가지

실천은 한 가지다

흐르는 강물처럼

삶은 비움이고 사랑은 채움이다

마음 비우면서 행복 나누고

흐르는 강물처럼

다툼 없이 살고 싶다

거짓말

말엔 인격과 품격이 있다

배려한 말은 그 향기로

사람 마음을 움직이지만

거짓말은 슬픔을 만든다

재능의 씨앗은

내가 가진 것 하나 나눌 수 있다면

그것은 재능이다

재능의 씨앗은

세상을 아름답게 물들인다

순간에 최선을 다하라

현재 순간에 최선을 다하라

하고 싶은 일 하며

죽어서 천당가지 말고

살아서 천당처럼 살아라

망부석

꽃필 때 님 오신다기에
산에 올라가 님 기다리다가
망부석이 되었네
오시면 술이나 한 잔 따르시오

네비게이션

그리운 님 찾아

천리 만리 길 갈 수 있는데

님 계신 곳 몰라서

네비게이션에 물어볼 수 밖에 없네

사랑온도 365℃

사랑온도 365℃

연탄무게 365g

추위야 가거라

자신을 희생하며

남을 따뜻하게 해본 적이 있는가

4부
삶

배추야 무우야

배추야 무우야

겨울에는 우리 집에 놀러가자

너희 친구들 갓김치에 깍뚜기

냉장고에 놀고 있단다

꽃밭

사랑할 수 있는

그대가 있어서

세상 어느 곳에 있더라도

세상 천지가 꽃밭으로 보인다

꽃잎차 한 잔

꽃잎차 한 잔에

인생의 여유와 자연의 향기를 느낀다

차 한 잔에도

햇살 바람 구름이 들어있다

고수

보이는 것이 전부는 아니다

마음의 눈으로 진심을 볼 수 있어야

진정한 고수라고 할 수 있다

행복은 이미 내 안에 살고 있다

하루 살아도 마음이 원하는 삶을 살아라

행복은 이미 내 안에 살고 있다

꺼내서 즐기고 공유하라

마술사

세월은 주름을 만드는 전문가

청춘은 꿈을 만드는 예술가

사랑은 행복을 연주하는 마술사

내 마음의 안경

참 좋은 그대는 내 마음의 안경

이 세상 사랑과 행복을

그대의 눈을 통해서

보고 듣고 느끼고 싶다

누구나 재능이란 장점이 있다

사람은 희망이고 꽃이고 사랑이다

빈손으로 오는 인연은 없다

누구나 재능이란 장점이 있다

가장 빛나는 별이 되어라

우공이산이란 말처럼

포기하지 않는 한

꿈은 이루어진다

청년들이여 가장 빛나는 별이 되어라

봄이 오는 소리

봄은 그냥 오지 않는다

찬 서리 눈보라 등에 지고

산 바다 건너서

자연의 합창으로

봄이 오는 것이다

능소화의 눈물

기다림으로 피어나는 꽃

그 사랑 못 잊어 눈물로 피는 꽃

능소화 앓는 소리에

여름이 피어난다

청춘이여

청춘이여

날로 새로워져라

깨어나라

생각하라

끊임없이 도전하라

그리고 감사를

잊지 말라

여행 가자

친구야 여행 가자

들꽃 춤추고

자연 노래 부르는

동화 세상으로 가자

산새들 멍때리는

그곳으로 가자

고향

별빛 속삭이는

고향에 가고 싶다

소쩍새도 울고

해당화 피는

그곳에 가고 싶다

그대의 꿈

세상에서 가장 아름다운 꽃은

그대 웃음꽃입니다

그대는 내 마음에 늘 피어나는

사랑꽃입니다

낙숫물

낙숫물이 바위도 뚫는다

열정이 있는 한

원하는 꿈을 이룰 수 있고

기적을 만들어 낸다

무궁화

다섯 장 꽃잎이 모여

금수강산 지키려

무궁화 꽃으로 피어나네

꽃술은 온 누리에

평화를 전하네

좋은 날

마음 가난해도

하늘을 담고

자연을 품고

세상을 긍정으로

바로 보고 사노라면

좋은 날이 옵니다

그대 미소

그대의 미소는

꽃보다 아름답다

그대 눈빛으로

세상을 보면

내 슬픔 사라지고

행복이 더해지네

향기

꽃은 향기로

새는 소리로

구름은 그림으로

자연은 풍경으로

시인은 시어 하나로

영혼을 노래한다

친구 1

친구는 또 다른 나의 삶이다

친구와 동행하는 길은 기쁨이 넘치고

행복이 꽃처럼 피어난다

친구 2

좋은 친구를 만나는 것은

신의 축복이고

한 권의 베스트셀러를 사는 것과 같다

친구 3

세상에는 많은

다양한 길이 있다

선택은 자유지만 가장 좋은 길은

친구와 함께 가는 길이다

삶

인생은 한 권의 책과 같다

하루하루가 초행길이지만

삶 자체가 창작이고

예술이고

서사시이다

웃음

내가 행복할 때

세상이 웃는다

즐겨라 느껴라

그리고 사랑하라

가난하게 사는 것은

웃지 않는 것이다

생각의 차이

한눈팔다 보니

청춘은 저만치 가버렸네

젊었을 때가 청춘이 아니라

자신답게 살 때가

청춘이다

긍정

긍정은 성공한 삶을 만들고

부정은 실패를 부른다

웃음이 긍정이라면

근심은 부정이다

어머니

어머니는 고향처럼 포근합니다

모든 것을 다 주고도

더 주고 싶은 어머님 마음은

넓은 바다입니다

운

나는 운이 좋다

하는 일마다 잘 풀린다

건강과 행복을 만드는

오늘이 선물이다

꽃잎 한 장

사랑이란 말

세상에서 가장 다정한 이야기

꽃잎처럼

살며시 그대 가슴에 내려놓은

사랑이라는 말

여름

보고 싶은 마음

꽃잎처럼 스며들고

커피잔에

그리움을 담고

초록 물결은

여름을 재촉하네

축제

고래는 재즈를 부르고

개구리는 왈츠를 추고

사람은 사랑을 위해

영혼을 노래한다

세월은 눈 깜짝할 새

초침은 100m 달리기 선수

분침은 단거리 선수

시침은 마라톤 선수

세월은 나이를 펼치는 공작새

시간

시간을 잘 사용하는 천재는 있어도

시간을 늘리는 천재는 없다

그래서 시간은 금이라 부른다

봉사

봉사하고 남을 돕는 것은

그들을 위로해 주는 것이 아니라

내가 덕을 쌓고 위로받기 위해서이다

그리움

그리움이 무엇이길래

봉숭아 꽃물로 가슴 물들이듯

조용히 왔다가

그리움만 놓고 사라지는가

만남

보고 싶다

그립다 사랑한다

수천 번 말로 하는 것보다

직접 만나 얼굴 보는 것이

더 좋더라

삶의 기도

잠시 빌려 쓰고

가는 우리네 인생

아침엔 천 번 기도하고

저녁엔 만 번 감사하고

살아가야지

최 세 규

매주 토요일 '마음으로 읽는 시'로 힐링 메시지를 주는 시인이다.
그는 시집 '인생은 내가 만든 영화다'를 펴내며 만인의 심금을 울
리는 아름다운 글귀로 행복을 선물하는 음유시인이 됐다.

'마음으로 읽는 글'은 눈과 마음, 영혼을 맑게 하는 주옥같은 글
귀, 희망과 긍정에너지를 가져다주는 명언들로 읽는 사람의 마
음을 설레게 한다. 가슴을 뛰게 하는 명시들은 우리의 삶에 큰 영
감을 가져다줄 것이다.

동양테팔키친 창업자로 성공한 최세규 시인은 한국재능기부협
회를 설립해 평생 '행복한 세상' 만들기에 앞장서고 있다. 특히
'재능기부'를 우리 사회에 정착시키기 위해 다양한 봉사활동을
펼치고 있다.